CW01657518

FOLIO
JUNIOR

Les aventures de Kamo

Kamo, l'idée du siècle

Kamo et moi

Kamo, l'agence Babel

L'évasion de Kamo

© Éditions Gallimard Jeunesse, 1993, pour le texte
© Éditions Gallimard Jeunesse, 2018, pour les illustrations et la présente édition

Daniel Pennac

Kamo, l'agence Babel

Illustré par Benjamin Renner

Gallimard Jeunesse

Pour Mia

Kamo's mother

– Trois sur vingt en anglais !

La mère de Kamo jetait le carnet de notes sur la toile cirée.

– Tu es content de toi ?

Elle le jetait parfois si violemment que Kamo faisait un bond pour éviter le café renversé.

– Mais j'ai eu dix-huit en histoire !

Elle épongeait le café d'un geste circulaire et une seconde tasse fumait aussitôt sous le nez de son fils.

– Tu pourrais bien avoir vingt-cinq sur vingt en histoire, ça ne me ferait pas avaler ton trois en anglais !

C'était leur sujet de dispute favori. Kamo savait se défendre.

– Est-ce que je te demande pourquoi tu t'es fait virer de chez Antibio-pool ?

Antibio-pool, respectable laboratoire pharmaceutique, était le dernier employeur de sa mère. Elle y avait tenu dix jours mais avait fini par expliquer à la

clientèle que 95 % des médicaments qu'on y faisait étaient bidon et les 5 % restants vendus dix fois trop cher.

– Dire que tous les adolescents du monde parlent l'anglais ! Tous, sauf mon fils. Pourquoi justement mon fils, hein ?

– Dire que toutes les mères du monde conservent leur boulot plus de quinze jours ! Toutes, sauf ma mère. Pourquoi justement ma mère, hein ?

Mais c'était une femme qui aimait les défis. Le jour où Kamo lui fit cette réponse, elle éclata d'un rire joyeux (oui, ils savaient faire ça : se disputer et rire en même temps), puis le cloua sur place, index tendu.

– OK, petit malin : je vais de ce pas chercher un nouvel emploi, je vais le trouver, je vais le garder et, dans trois mois, tu auras à ton tour trois mois pour apprendre l'anglais. Marché conclu ?

Kamo avait accepté sans hésiter. Il m'expliqua qu'il ne courait aucun risque :

– Avec le caractère qu'elle a, elle ne pourrait même pas tenir comme gardienne de phare : elle s'engueulerait avec les mouettes !

Pourtant, un mois passa. Elle avait trouvé une place de rédactrice dans un organisme international. Kamo fronçait les sourcils.

– Un machin pour les échanges culturels, d'après ce que j'ai compris…

Elle rentrait parfois si tard que Kamo devait faire les courses et la cuisine.

– Elle rapporte même des dossiers à la maison, tu te rends compte ?

Je me rendais surtout compte que mon copain Kamo allait devoir se mettre sérieusement à l'anglais. Deux mois étaient passés et sa tête s'allongeait chaque jour davantage.

– Dis donc, tu ne sais pas ? Elle travaille aussi le dimanche !

Et le dernier soir du troisième mois, quand sa mère vint l'embrasser dans son lit, Kamo trembla en voyant son sourire d'ange victorieux.

– Bonsoir, mon chéri, tu as exactement trois mois pour apprendre l'anglais !

Nuit blanche.

Le lendemain matin, Kamo essaya tout de même de se défendre, mais sans grande conviction.

– Comment veux-tu que j'apprenne une langue en trois mois ?

Manteau, sac et chapeau, elle était déjà sur le point de partir.

– Ta mère a la solution !

Elle ouvrit son sac et lui tendit une feuille de papier où s'étirait une liste de noms propres à consonance britannique.

– Qu'est-ce que c'est que ça ?

– Les noms de quinze correspondants. Tu choisis

celui ou celle que tu veux, tu lui écris en français, il ou elle te répond en anglais, et dans trois mois tu es bilingue !

– Mais je ne les connais pas, ces gens-là, je n'ai rien à leur dire !

Elle l'embrassa sur le front.

– Fais le portrait de ta mère, explique avec quel monstre tu vis, ça te donnera de l'inspiration.

Le sac se referma dans un déclic. Elle était déjà au bout du couloir, la main sur la poignée de la porte d'entrée.

– Maman !

Sans se retourner, elle lui fit un gentil signe d'au revoir.

– Trois mois, mon chéri, pas une minute de plus. Tu verras, tu y arriveras.

Kamo's father

Bilingue, Kamo l'était déjà : français-argot, argot-français, thème et version. L'argot, c'était un héritage de son père.

– La langue de Paname, mon p'tit pote !

Mais il arrive que les pères meurent. À la clinique, le dernier jour, le père de Kamo trouvait encore le moyen d'en rire :

– Pas de pot, j'aurais préféré plus tard, mais c'est maintenant.

La clinique… si blanche !

Sa mère parlait avec un médecin, dans le couloir.

Elle faisait non de la tête, derrière la vitre, non, non et non ! Le médecin baissait les yeux.

Assis au pied du lit, Kamo écoutait les paroles chuchotées de son père… les mots… les derniers.

– Tu verras, elle a son caractère. Une seule recette, la faire rigoler, elle adore. Pour le reste, tu la fermes et tu esgourdes, elle a toujours raison.

– Toujours ?
– Toujours. Elle se goure jamais.

Kamo avait longtemps cru cela vrai (que sa mère ne se trompait jamais). Mais il n'était plus de cet avis.
– Cette fois-ci, elle s'est gourée. Personne ne peut apprendre une langue en trois mois. Personne !
– Mais pourquoi tient-elle tant à ce que tu parles anglais ?
– Prudence d'émigrée. Ma grand-mère s'est tirée de Russie en 23, puis d'Allemagne dix ans après, à cause du moustachu à croix gammée. Du coup, sa fille a appris une bonne dizaine de langues, et elle voudrait que j'en fasse autant, au cas où…
Nous restâmes silencieux un moment. Je parcourais des yeux la liste des correspondants :
Maisie Farange, Gaylord Pentecost, John Trenchard, Catherine Earnshaw, Holden Caufield… et ainsi de suite : quinze noms. Cela se passait au collège. Nous étions en permanence. Le grand Lanthier pencha sa carcasse au-dessus de nous.
– Une liste d'invités ? Tu fais une fête, Kamo ?
– Ta fête à toi, Lanthier, si tu me lâches pas !
Le grand Lanthier se replia comme un accordéon. Moi, je demandai :
– Qu'est-ce que tu vas faire ?
Kamo eut un haussement d'épaules.
– Qu'est-ce que tu veux que je fasse ? Je vais obéir, pardi !

Puis vint un sourire en coin :

– À ma façon…

Sa mère rentra tard, ce soir-là. Kamo était enfermé dans sa chambre.

– Tu es là, mon chéri ?

Elle frappait toujours à la porte de son fils. Ils ne se dérangeaient jamais dans leur travail.

– J'y suis.

Mais il n'alla pas ouvrir.

– Tu ne dînes pas avec moi ?

Il n'avait pas fait les courses. Il n'avait pas préparé le dîner.

– J'écris.

Il entendit un gloussement derrière la porte.

– Un roman ?

Il sourit à son tour. Il aurait préféré aller bavarder et rire avec elle. Il se contenta de répondre :

– Pas du tout, ma petite mère, j'écris à ma correspondante : Miss Catherine Earnshaw. Il reste du rosbeef dans le frigo !

Dear beef

Dear Cathy, chère beef,

C'est comme ça qu'on vous appelle, ici, en France, les Anglais : les rosbeefs ! Paraît que vous êtes des mecs très importants, que la moitié de la planète jacte votre foutue langue. Moi, je trouve que c'est pas une langue : dans chaque phrase on bouffe la moitié des mots, dans chaque mot les trois quarts des syllabes, et dans chaque syllabe les quatre cinquièmes des lettres. Reste tout juste de quoi cracher un télégramme.

Douce Cathy, chère rosbeef, j'ai une grande ambition : être le seul à ne jamais parler l'anglais ! Alors, tu me diras, pourquoi cette bafouille ? À cause de ma mère. Un marché que j'ai passé avec elle. Je me suis fait avoir. Je suis obligé de respecter le contrat. Et puis mes affaires de famille te regardent pas, occupe-toi de tes oignons.

Salut, chère correspondante. Au cas où t'aurais l'intention d'apprendre le français avec mézigue, achète un gros dico. Le plus gros. Et t'accroche pas trop à la grammaire.

Kamo

PS : Tu voudrais peut-être savoir pourquoi je t'ai choisie, toi ? L'agence a refilé à ma mère une liste de quinze blases. J'y ai lancé mon compas en fermant les mirettes, il s'est planté sur le tien : Earnshaw. En plein dans le E majuscule. T'as rien senti ?

Kamo rédigea l'adresse de son écriture la plus sage (Catherine EARNSHAW, Agence multilingue Babel, boîte postale 723, 75013 Paris), timbra et courut poster l'enveloppe dans la nuit. Le petit déjeuner du lendemain fut le plus gai depuis longtemps. Sa mère s'était levée tôt pour acheter des croissants, et elle partit au travail un peu plus tard que d'habitude. Ils

parlèrent de tout, sauf de l'anglais. Kamo promit un gratin dauphinois pour le soir, « avec juste ce qu'il faut de muscade », comme savait le faire son père.

Au collège, il m'expliqua tranquillement :

– Je lui ai promis d'écrire, je l'ai fait. Je ne peux pas promettre qu'on me répondra…

Il fut d'excellente humeur pendant toute la semaine. Le grand Lanthier en profita pour lui faire faire ses devoirs de maths. Arènes, notre professeur de mathématiques, estima que Lanthier progressait. Félicitations d'un côté, légitime fierté de l'autre, la bonne humeur se propagea à la classe tout entière, comme toujours quand Kamo y mettait du sien. Il fit même deux ou trois beaux sourires à Mlle Nahoum, notre prof d'anglais. Elle les lui rendit en l'appelant « my gracious lord ».

Nous l'aimions bien, Mlle Nahoum. Elle appelait le pont-l'évêque « the bridge bishop » et décrétait que tout ce qu'elle aimait était « of thunder. » Nous l'aimions bien : elle défendait les mauvais élèves au conseil de classe. « On n'apprend bien une langue étrangère que si on a quelque chose à y dire. » Voilà ce qu'elle expliquait aux parents inquiets. Moi, j'avais des tas de choses à dire à Mlle Nahoum.

Par exemple, qu'elle ressemblait à Moune ma mère, en aussi jeune et en presque aussi jolie. J'étais fort en anglais. Le premier de la classe.

Une semaine de bonne humeur générale, donc. C'était rare depuis que Kamo avait perdu son père.

Une semaine. Je ne sais pas si cela aurait pu durer plus longtemps. Cela s'arrêta le jour où Kamo reçut cette lettre de l'agence Babel : la réponse de Catherine Earnshaw.

Dirty little sick frog

Ce matin-là, il arriva au collège passablement excité.

– Elle a répondu ! On va se marrer !

Il me tendit une enveloppe qu'il n'avait pas encore ouverte.

– Tu seras mon traducteur officiel, OK ?

– Une lettre d'amour ? demanda le grand Lanthier en jaillissant au-dessus de nous.

Nous ne pûmes ouvrir l'enveloppe qu'à la récré de dix heures. Coïncidence : la matinée se déroula sous l'ombre de l'Angleterre. Mlle Nahoum nous fit une superbe description de l'Angleterre victorienne – morale, réverbères, brouillard, machines à vapeur, tuberculose – et nous conseilla de lire *L'Étrange Cas du Dr. Jekyll et de Mr. Hyde*, « in english si possible ».

Et Baynac, notre prof d'histoire, traça du républicain Cromwell un portrait qui enthousiasma Kamo.

L'enveloppe de l'agence Babel en contenait une autre, postée d'Angleterre, d'un papier épais, vaguement gris, où nous découvrîmes l'écriture de Catherine Earnshaw. Une écriture nerveuse, tranchante. La plume, par endroits, avait arraché la fibre du papier. Première surprise : en retournant l'enveloppe pour l'ouvrir, nous constatâmes qu'elle n'était pas collée, mais scellée à l'aide d'un petit cachet de cire brune. Kamo retroussa une babine.

– Enveloppe scellée... tu parles d'une bêcheuse ! Ces rosbeefs, faut toujours qu'ils jouent les aristos.

Je fis sauter le cachet d'un coup d'ongle et dépliai la feuille contenue dans l'enveloppe. Elle aussi était d'un papier grossier, épais, comme humide sous mes doigts, et totalement recouverte de la même écriture acérée, brouillonne, les lignes se prolongeant en tournant dans les marges, les points éclaboussant leurs alentours, les majuscules déchirant l'épaisseur du papier, de longues ratures striant des paragraphes entiers, comme des cicatrices violettes (c'était la couleur de son encre : un violet un peu éteint).

– C'est pas une lettre, c'est un champ de bataille ! murmura Kamo dont les sourcils s'étaient froncés. Bon, alors, qu'est-ce qu'elle dit ?

Il y avait dans sa voix plus d'impatience qu'il n'aurait voulu en mettre.

– Elle t'appelle « dirty little sick frog ».

– Ça veut dire ?

– « Sale petite grenouille malade ».

Kamo partit d'un tel éclat de rire que le grand Lanthier rappliqua du fond de la cour, en trois enjambées.

– Je croyais que c'était une bêcheuse, et je tombe sur une frangine ! Sale petite grenouille malade !... Mais pourquoi grenouille ?

– C'est comme ça que les beefs nous surnomment : mangeurs de grenouilles.

– T'as déjà bouffé des grenouilles, toi ?

– Jamais.

– Continue de traduire ; je sens qu'elle va me plaire, cette petite frangine !

Je lus en silence le premier paragraphe et ne pus m'empêcher de regarder Kamo avant de traduire. Lui ne cachait plus sa curiosité.

– Eh bien, vas-y !

Voici ce qu'écrivait Miss Catherine Earnshaw :

Sale petite grenouille malade,

Vous aimeriez sans doute que je continue sur ce ton ; je sens que cela vous plairait. Eh bien, non ! je n'ai aucune envie de rire, ni aucune raison de vous amuser.

Vous avez voulu faire l'original, monsieur Kamo (mon Dieu, que les garçons de mon âge sont stupidement enfantins !), mais en laissant tomber votre compas sur mon nom, c'est dans le malheur que vous l'avez planté.

Suivait un paragraphe entièrement raturé. Je levai furtivement les yeux. Kamo ne souriait plus. Le grand Lanthier avait jugé prudent de retourner à pas de loup au fond de la cour. Sur un signe nerveux de mon ami, je me remis à traduire.

Vous me demandez si j'en ai ressenti la blessure. Je l'ignore : le jour où vous avez planté ce compas dans le E majuscule des Earnshaw, j'étais occupée à une autre douleur. Ce jour-là, jour pour jour, mon père était mort depuis deux ans. Le même vent soufflait autour de la maison et rugissait dans la cheminée. Un temps de tempête, à vrai dire, mais, bien que personne n'eût songé à allumer le feu, je ne ressentais pas le froid.

J'ai lu votre lettre assise au pied de son fauteuil vide. Vous pouvez juger de l'impression qu'elle m'a faite ! Pourtant, en vous lisant, c'est à moi-même que j'en ai voulu. Votre stupide lettre m'a rappelé que je parlais à mon père sur le même ton arrogant, opposant sans cesse mes petites volontés à son extrême fatigue, mon désir d'être drôle à son besoin de paix. Enfance imbécile, qui ne voit rien, qui ne sent rien, qui ne sait pas que l'on meurt ! Et, le dernier soir, comme j'étais assise à ses pieds, la tête sur ses genoux (cela m'arrivait parfois, pour me faire pardonner des bêtises que je referais pourtant le lendemain), juste avant qu'il ne s'endorme, il me caressa les cheveux et dit : « Pourquoi ne peux-tu être toujours une bonne fille, Cathy ? » Ce furent ses dernières paroles.

Ici, Kamo m'arracha la lettre des mains.

– Comment c'est, en anglais, cette phrase ?

– Laquelle ?

– Les derniers mots de son père !

Je lui désignai la phrase du doigt : « *Why canst thou not always be a good lass, Cathy ?* »

– A *good lass ?* Qu'est-ce que ça veut dire, *lass* ?

– C'est un mot écossais, on l'a vu avec Mlle Nahoum, ça veut dire « jeune fille » en écossais.

– Continue...

Je n'ai rien d'autre à vous dire. Vous avez envoyé cette lettre comme on jette une pierre par-dessus un mur : il est juste que vous sachiez où elle est tombée.

Ma réponse n'attend rien de vous.

Catherine Earnshaw

Cathy, please, your pardon !

Cet après-midi-là, Kamo ne reparut pas au collège. Tard dans la soirée, il me téléphona pour me supplier de passer chez lui. J'eus toutes les peines du monde à convaincre Pope mon père de me laisser sortir. Mon cahier de textes n'était pas à jour et il venait d'y faire une descente de police. Ça le prenait parfois, surtout pour vérifier si je n'avais pas une rédaction à faire. Ce n'était pas mon fort, les rédactions.

– Pope, Kamo a besoin de moi, vraiment !

C'est finalement un regard de Moune ma mère, qui le décida. Et la promesse que je ne rentrerais pas tard. La mère de Kamo m'ouvrit. Je ne l'avais pas vue depuis longtemps. Elle me parut fatiguée. Mais son regard souriait.

– Ah, c'est toi ? Entre. Kamo est dans sa chambre. Je crois qu'il travaille son anglais.

Elle dit cela tout naturellement, comme si Kamo avait toujours travaillé son anglais.

Il était bien dans sa chambre, mais il ne travaillait pas. Il tournait en rond, pâle, mâchoires serrées, l'œil

sombre. Sans un mot, il me tendit une feuille couverte de son écriture.

Pardon, Catherine, oh ! pardonnez-moi, pardon ! Je ne voulais pas vous blesser. Vous avez raison, j'ai lancé cette pierre comme un enfant, en fermant les yeux. Je ne savais pas que vous étiez là ! Je ne suis plus un enfant, pourtant, j'ai quatorze ans, bientôt quinze, je n'ai pas d'excuse.

Catherine, je veux que vous sachiez...

Et il répétait ses regrets, expliquant que cette foutue lettre (il avait barré *foutue* pour le remplacer par *stupide*), que cette lettre stupide, c'était en quelque sorte à sa propre mère qu'il l'avait écrite, une espèce de jeu entre eux, et qu'il ne voulait blesser personne :

... Surtout pas vous, Catherine, pas vous, surtout !

Et, Cathy, je veux que vous le sachiez, mon père aussi...

Puis il racontait son père, quel ami il avait été, la jolie langue de l'argot, comme ils étaient heureux tous les trois quand il était vivant, mais sa maladie, la clinique – « Je ne mettrai jamais de blanc aux murs de ma maison ! » – et les dernières paroles de son père à lui : « Elle se goure jamais », qu'il prenait la peine de traduire… Et des excuses, encore… Le tout d'une écriture dont l'affolement rappelait celle de Catherine Earnshaw !

– Tu peux traduire ça en anglais ?

J'étais tellement surpris par ce que je venais de lire que je ne répondis pas tout de suite.

Panique dans son regard :

– Tu ne veux pas ?

Je traduisis tant bien que mal la lettre de Kamo. Penché au-dessus de moi, il surveilla mon travail d'un bout à l'autre.

– « Pardon », pourquoi tu ne traduis pas « pardon » ? Tu as écrit pardon en français !

– C'est le même mot dans les deux langues, Kamo !

– Tu es sûr ? Il n'y a pas quelque chose de plus… un mot moins…

Il marchait en gesticulant :

– Il faut qu'elle comprenne, tu comprends, qu'elle comprenne exactement !

Me too

Cher Kamo,

Vous êtes pardonné, et je dois vous demander pardon à mon tour. Je vous ai traité durement, je le regrette. Il faut dire que votre lettre tombait on ne peut plus mal. Ce triste anniversaire d'abord, et ensuite l'atmosphère qui règne ici depuis que mon frère Hindley dirige la maison. C'est une brute et un faible (oui, une brute faible !) qui torture son entourage parce qu'il est mécontent de lui-même. Avez-vous cela en France ? Pour ma part, je doute qu'il existe un autre Hindley sur la surface de l'Empire. Voici une excellente question à poser à notre bon vieux capitaine Cook, n'est-ce pas ? « Dites-moi, James Cook, capitaine, auriez-vous découvert un autre spécimen Hindley aux îles Sandwich ? Non ? Sur les rivages de la Terre-Neuve peut-être ? Ou en Nouvelle-Zélande ? »

Comme vous le voyez, je suis de meilleure humeur, aujourd'hui. Vous voici tout à fait pardonné. Maintenant, je dois vous faire un aveu : moi non plus, je n'avais nullement l'intention d'apprendre une langue étrangère. (À quoi bon, puisque je ne sors jamais d'ici ?) C'est ma belle-sœur Frances qui a communiqué mon nom à cette agence Babel. Pour me désennuyer, prétend-elle. Mais je ne m'ennuie pas ! Je ne me suis jamais ennuyée ! Pour occuper mon esprit serait mieux dire. Oui, ils veulent occuper mon esprit, et faire ainsi que j'en vienne à oublier « H », à le chasser de mes pensées et de mon cœur, à fermer les yeux sur les mauvais traitements que lui inflige Hindley (il l'a battu hier si fort que Joseph lui-même a dû l'arracher à sa fureur. Il l'aurait tué, sinon !).

Chasser « H » de mon esprit ? Autant me demander de m'oublier moi-même ! J'ai commencé par jurer que je n'écrirais à personne. Puis votre lettre est venue. La première fureur passée, j'y ai senti une volonté forte, un caractère proche du mien, dans la colère comme dans le rire, et la possibilité de me confier à un ami qui ne me trahirait pas. Par prudence, je vous ai tout de même fait cette réponse qui vous a tant peiné. Je sais, maintenant, que j'ai un ami. Un ami auquel je pourrai parler d'un autre ami. Ici, depuis la disparition de mon père, tout le monde ignore « H » ou le déteste. Acceptez-vous que je vous parle de lui ? De la vie que « H » et moi menons dans cette maison, et qui n'est pas drôle, je vous en préviens ?

Mon cher Kamo, il sera bien ingrat ce rôle de confident, sachez-le. Aussi, je vous laisse libre et n'attends aucune réponse.

Catherine

PS : Si toutefois vous deviez me répondre, faites-le en français. Votre anglais laisse beaucoup à désirer. Et puis expliquez-moi ce mystère : vous employez, même dans ma langue, une dizaine de mots dont j'ignore totalement le sens. Vous parlez du « métro » (« dans le métro qui nous ramenait de l'hôpital ») et de « conversations téléphoniques »... Métro ? Téléphoniques ? Pouvez-vous m'expliquer ces mots-là ?

Kamo écouta ma traduction en silence. Son visage se détendait à mesure que je lisais. À la semaine de bonne humeur avait en effet succédé une semaine infernale. Il avait attendu cette lettre dans un état d'impatience et d'angoisse tel que le pauvre Lanthier osait à peine le croiser dans les couloirs.

– Mais qu'est-ce que je t'ai fait, Kamo ? Qu'est-ce que je t'ai fait ?

Il était tout à fait apaisé, maintenant, radieux même. Une sorte de bonheur grave. Il laissa passer un moment puis me demanda :

– Pourquoi est-ce que tu me vouvoies ?

– Pardon ?

– Oui, pourquoi est-ce que tu me dis « vous », dans ta traduction ? Cathy peut aussi bien me tutoyer ! You… non ?

Il me regardait fixement. Un regard bien à lui : à la fois là et ailleurs.

Je mis un certain temps à lui répondre :

– Mais Kamo, ce n'est pas ce qu'il y a d'important, dans cette lettre !

– Ah bon ? Tu trouves que ce n'est pas important, toi. Ah bon ?

Il eut un petit rire du nez, rangea la lettre dans son enveloppe sans me quitter des yeux.

– Alors, si je me mettais à te vouvoyer, ça ne te paraîtrait pas important ?

Ironie dans la voix. Je savais qu'il était inutile de discuter. Et qu'il était difficile d'arrêter Kamo quand il glissait sur cette pente. Il continua sur le même ton, avec le même regard.

– Elle doit pas être bien fameuse, ta traduction…

Il commençait à me taper sur les nerfs, l'ami Kamo.

– D'ailleurs, tu as vu ce qu'écrit Cathy : ton anglais n'est pas si terrible que ça !

Je venais de gaspiller mon mercredi après-midi à traduire cette lettre – sa lettre ! Aussi, bien posément, la main sur la poignée de la porte – nous étions dans sa chambre – je répondis :

– Va te faire voir, connard, traduis-le toi-même, ton courrier !

My God

Et je ne traduisis plus jamais aucune lettre de Catherine Earnshaw. Kamo s'en chargea lui-même.

Pour apprendre l'anglais, il l'apprit ! Et vite ! Et bien ! Dès qu'il avait une heure libre, il la passait avec Mlle Nahoum.

– Mademoiselle, j'ai trouvé quelque chose à dire à quelqu'un en anglais !

Elle ne lui posa pas de question. Quand il voulut payer ses cours particuliers, elle eut un joli refus :

– Vos progrès me paieront, little Kamo.

Elle fut vite payée ! La courbe des notes de Kamo grimpa comme la température en été (brusque été après un long hiver !). Il n'était plus jamais disponible. Toujours fourré dans un coin avec un de ces énormes dictionnaires que lui offrait sa mère. Il lui en faisait sans cesse acheter de nouveaux.

Rendons-lui cette justice, la mère de Kamo eut la victoire modeste. Inquiète, même :

– Repose-toi un peu, mon chéri, je t'ai demandé d'apprendre l'anglais, je ne t'ai pas demandé de *devenir* anglais !

Comme il ne répondait pas, elle me prenait à témoin :

– Dis-le-lui, toi, qu'il travaille trop ! Emmène-le donc au cinéma.

Puis elle retournait elle-même à ses dossiers. Car elle aussi travaillait de plus en plus tôt pour finir de plus en plus tard. Tout juste s'ils s'entrevoyaient dans une journée. Leurs deux chambres restaient allumées jusqu'à l'aube, Kamo voyageant dans des encyclopédies de langue anglaise, sa mère traitant les dossiers, toujours plus volumineux, qu'elle rapportait du bureau.

Au fond, tout le monde était heureux. Mlle Nahoum, Kamo, sa mère…

Il n'y avait que moi pour m'inquiéter. Faible mot, « m'inquiéter ».

Cette histoire me rongeait le foie, tout bonnement.

Dès la lecture de la deuxième lettre de Catherine Earnshaw, une sorte de signal d'alarme avait retenti en moi. Il confirmait le malaise où m'avait laissé l'écriture indomptée de la première. Il ne s'éteignit jamais. Au contraire, les semaines passant, il s'amplifia, et ce fut bientôt comme si toutes les sirènes de Londres hurlaient dans ma tête avant le bombardement !

« Qu'est-ce que c'est que cette fille qui ne sait pas ce qu'est le métro et qui ignore l'existence du téléphone ? »

Voilà la première question que je m'étais posée. De nos jours, il fallait vraiment vivre retirée pour ne pas savoir ça !

« À propos, retirée où ? » Dans sa lettre, Catherine Earnshaw disait toujours *« ici » (« la vie que nous menons ici »)* sans jamais préciser l'endroit. Et cet ami « H »... Pourquoi juste une initiale ? Ce furent mes premières questions. Inutile de les poser à Kamo dont la grande préoccupation était de savoir s'il était vouvoyé ou tutoyé. Incroyable...

D'après ce que je comprenais de ses discours exaltés, « H » était un enfant trouvé qui vivait dans la famille de Cathy, une sorte de révolté permanent, qui se foutait de tout, n'avait peur de rien et n'aimait qu'un être au monde : Cathy. Plus que « H » lui-même, c'était la puissance de cet amour qui enthousiasmait Kamo.

– Il ferait tout pour elle !

Parfois, quand nous marchions ensemble, Kamo s'arrêtait pile, en me saisissant le bras. (Une poigne terrible.)

– Tu sais, ce mec, Hindley, le frangin de Cathy, celui qui martyrise « H », tu peux pas savoir le salaud que c'est ! Bourré du matin au soir. La semaine dernière, il a balancé son propre fils dans la cage d'escalier. Heureusement, « H » était en dessous et a pu rattraper le bébé au vol.

My *God*…

King George

Je ne sais pas comment l'idée m'est venue. Comme ça. Une intuition. Un après-midi, je suis allé attendre Baynac, notre professeur d'histoire à la sortie d'un cours et je lui ai demandé :

– Dites, monsieur, l'explorateur James Cook, c'est un type de notre époque ?

Ce prof-là ne riait jamais quand on se trompait. Il corrigeait.

– Non, fin du XVIIIe, il est mort dans les années 1780, tué par les indigènes des îles Sandwich.

J'ai dû changer de figure parce que Baynac m'a demandé, mi-inquiet, mi-rigolard :

– Qu'est-ce qui se passe ? Ça te chagrine à ce point-là, la mort du capitaine Cook ? C'était un parent à toi ?

Mais je ne l'entendais plus, je revoyais passer sous mes yeux la phrase de Catherine Earnshaw : *« Voici une excellente question à poser à notre bon vieux capitaine Cook, n'est-ce pas ? »*

Une folle ! Qui s'imaginait vivre à la fin du XVIIIe siècle !

Kamo était en train de correspondre avec une pauvre folle qui avait deux siècles de retard ! Pas de métro, pas de téléphone, ça s'expliquait maintenant ! Et le « ici », cette « maison » qu'elle ne nommait jamais, c'était un asile, bien sûr. Une effroyable bâtisse où d'autres cinglés jetaient des bébés tout vivants dans les cages d'escalier ! À moins qu'elle n'ait inventé ça aussi, la malheureuse. Comme elle aurait inventé cet ami « H », qui ne vivrait que dans son esprit…

– Kamo, je voudrais relire la toute première lettre de Catherine Earnshaw !

– Tu peux l'appeler Cathy, tu sais…

– Bon, la première lettre de Cathy. Je peux te l'emprunter ?

Il fallut le supplier. Il me la prêta pour un jour seulement.

– Pourquoi veux-tu que ce soit une écriture de folle ? me demanda le docteur Grappe en me rendant la lettre.

C'était le docteur du collège. Je l'aimais beaucoup parce qu'il ne me disait jamais que j'étais le plus petit de la classe. Il disait juste que je n'étais pas le plus grand.

– D'ailleurs, crois-tu vraiment que les fous aient une écriture particulière ?

– Mais ces ratures, ce papier arraché…

– L'émotion, je suppose.

Il m'observait, pensif, derrière ses moustaches rousses.

– Tu te sens bien, toi ? Tu dors convenablement ? Si tu es fatigué, n'hésite pas à venir me voir.

– C'est une très jolie écriture, me dit Moune, mon arrière-grand-mère avait un peu la même.

– Ouh là ! Passion ! Passion ! dit Pope. Écriture passionnée, ça !

J'ai fini par aller trouver M. Pouy, notre professeur de dessin. C'était notre préféré, celui-là. Il avait des cheveux dans tous les sens comme un plumeau après le ménage, des tas de trucs dans les poches, et il nous faisait des cours de dessin où il nous parlait surtout de cinéma. Chacun d'entre nous lui confiait ses ennuis, dans le plus grand secret, croyant être le seul. Il nous écoutait avec une attention incroyable. Ses réponses tombaient toujours juste. Pile ce qu'il fallait dire.

Il regarda d'abord l'enveloppe, longuement.

– Intéressant, dis donc, très intéressant ! Où est-ce que tu t'es procuré ça ?

– C'est à Kamo, monsieur.

Puis il lut la lettre en hochant lentement la tête de haut en bas et en murmurant toutes les trois secondes :

– C'est bien ce que je pensais…

Finalement, il me la rendit et déclara :

– C'est de l'anglais.

J'en restai comme deux ronds de flan. De l'anglais ? Sans blague !

Mais il ajouta :

– De l'anglais du XVIIIe siècle. Une lettre ancienne, écrite à la plume d'oie. Une plume mal taillée qui a déchiré le papier.

Quand j'eus repris ma respiration, je balbutiai :

– Vous voulez dire que cette lettre date du XVIIIe siècle ?

– Il faut croire. D'ailleurs, regarde.

Il retourna l'enveloppe et me montra le cachet de cire resté collé à sa partie mobile. Il portait deux initiales, C et E, entrelacées.

– Le dessin de ces lettres était un motif courant au XVIIIe. Et puis il y a autre chose.

Le soir tombait. Dehors, il commençait à pleuvoir. Nous étions tous les deux seuls dans la salle de dessin. Il alluma les grosses lampes qui pendaient du plafond, grimpa sur une table et tendit l'enveloppe à bout de bras tout près de l'ampoule.

– Viens voir.

Je montai à côté de lui et me hissai sur la pointe des pieds. Son doigt me désignait une vieille marque circulaire qui apparaissait, par transparence, dans l'épaisseur de l'enveloppe. On y lisait nettement « KING GEORGE III », puis des restes illisibles de lettres ou de chiffres romains, et un début de date : 177… (ou 179…).

– Peut-être un tampon de poste, je ne sais pas. En tout cas, il me semble bien que George III était à cheval sur le XVIIIe et le XIXe, tu vérifieras.

La pluie battait les vitres maintenant. Il y eut un éclair.

– À nous la douche, maugréa M. Pouy en éteignant la lumière.

Il sortit deux chapeaux informes de ses poches (oui, deux, c'était cela les poches de Pouy !) et m'en colla un sur la tête. Je m'entends encore lui demander, comme il fermait à clef la porte de la classe :

– Mais… la personne qui a écrit cette lettre, elle est… morte ?

Son éclat de rire résonna dans les couloirs du collège, maintenant déserts.

– Si elle est encore vivante, demande-lui de me donner la recette !

Dream, dream, dream

Sommeil agité, cette nuit-là. J'avais relu pour la centième fois la lettre de Catherine Earnshaw avant de m'endormir, et mes paupières closes avaient gardé la trace de son écriture. Les lettres penchées et tendues tombaient en traits de pluie. Les lignes folles s'effilochaient en marge, comme des nuages déchirés par le vent. Les ratures zébraient le tout d'éclairs violets. J'étais au cœur d'un épouvantable orage, d'autant plus effrayant qu'il était absolument silencieux. Trempé jusqu'aux os, je tenais à la main l'enveloppe de gros papier gris et je cherchais désespérément à déchiffrer l'adresse qu'on y avait inscrite. Mais la pluie dissolvait l'encre qui s'écoulait en larmes sales. J'essayais de retenir chaque lettre, comme s'il y allait de ma vie. Il me fallait cette adresse, il me la fallait ! L'enveloppe était épaisse, humide et froide entre mes doigts. Bientôt, elle se mit à fondre, papier mouillé qui se désagrège. Et il ne me resta plus dans le creux de la

main qu'une de ces boules de buvard mâché que le grand Lanthier collait au plafond de la classe dès que les profs avaient le dos tourné. Sans l'adresse, j'étais perdu. Je regardais autour de moi pour chercher mon chemin. C'est alors que je vis, flottant sur un ciel dévasté, le visage transparent de Catherine Earnshaw.

Je me réveillai en hurlant dans les bras de Moune ma mère qui me couvrait de baisers.

– Là, ce n'est rien, c'est fini, juste un petit cauchemar…

Le « petit cauchemar » me secoua si violemment que je restai au lit ce jour-là.

Pope mon père tournait dans ma chambre comme un ours en cage.

– Mais, enfin, qu'est-ce qu'il racontait, ce rêve ?

Il en parlait comme d'un ennemi auquel il allait tordre le cou.

– Je ne m'en souviens plus.

En fait, le visage blême de Catherine Earnshaw flottait encore devant mes yeux, au beau milieu de ma chambre.

– J'ai froid, Pope. Tu ne voudrais pas faire du feu ?

Les flammes jaillirent presque aussitôt, dans la cheminée.

– Tu veux un bon grog ?

– Non, Pope, merci, je vais essayer de dormir.

Pope sortit mais Catherine Earnshaw resta. Si triste, ce visage glacé, si proche, j'aurais pu le toucher ! Au lieu de quoi, je m'en éloignais le plus possible, me recroquevillant au fond de mon lit, contre le mur. « Va-t'en… Va-t'en, je te dis ! » « VA-T'EN ! »

Mais elle restait. On aurait dit qu'elle avait trouvé un refuge dans cette chambre. Un instant, j'eus l'impression que ses cheveux mouillés commençaient à sécher. Je ne sais pas pourquoi, ce détail me terrorisa plus que tout le reste. Alors, sautant de mon lit, je saisis sa lettre sur ma table de nuit et la jetai dans le feu. L'enveloppe se gonfla, noircit, puis se racornit tout à coup dans un jaillissement de flammes extraordinairement lumineuses. Et, tandis qu'elle brûlait, le visage soudain tremblant de Catherine Earnshaw s'évapora. De la buée sur une vitre…

J'étais seul, maintenant. Seul, et complètement épuisé. La porte de ma chambre s'ouvrit. Kamo entra.

Depuis que nous étions amis, quand l'un de nous deux tombait malade, l'autre rappliquait immédiatement.

– Rougeole ? Varicelle ? Coqueluche ? Fracture ? Croissance ? Cirrhose ? Flemmingite ?

Le Kamo des grands jours.

– Rien de tout ça, Kamo. Je suis malade de peur.

– Peur de quoi ? Je suis là ! Où est l'ennemi que je lui fasse sa fête ?

– Kamo… Il faut que tu cesses d'écrire à Catherine Earnshaw.

– À Cathy ? Pourquoi ?

– Parce qu'elle est morte depuis deux cents ans.

Jamais aucune réaction ne me surprit davantage que celle de Kamo à ce moment-là. Il souleva les sourcils et répondit simplement :

– Et alors ?

Pas surpris le moins du monde. Au point qu'un soupçon fou me traversa l'esprit.

– Comment… tu le savais ?

– Évidemment, je le savais ! Tu ne crois tout de même pas que je me suis cassé le tronc à apprendre une langue étrangère pour correspondre avec la première vivante venue ?

Une seconde, j'ai pensé qu'il se fichait de moi :

– Et comment l'as-tu appris ?

– M'enfin, quoi, ça crève les yeux ! Des lettres écrites à la plume d'oie, un cachet de cire typique XVIIIe, un vieux tampon KING GEORGE III, et puis le style, mon vieux, le style ! Tiens, montre sa première lettre, tu vas voir…

– Je n'ai plus sa première lettre.

– Pardon ?

– Je l'ai brûlée.

Pope et Moune eurent toutes les peines du monde à m'arracher aux mains de Kamo. Il me secouait si fort que je m'attendais à voir tomber ma tête à ses pieds.

– Mais qu'est-ce qu'il t'a fait ? Qu'est-ce qu'il t'a fait ? Arrête ! hurlait Pope.

– Il m'a fait qu'il vient de foutre au feu une lettre du XVIIIe siècle ! Voilà ce qu'il m'a fait, le salaud !…

Quand Kamo fut parti (on l'entendait encore hurler des injures dans la cour de l'immeuble), Moune se pencha sur moi, sincèrement scandalisée :

– Mais pourquoi as-tu fait une chose pareille, nom d'un chien, qu'est-ce qui t'a pris ? Tu te rends compte ?

– …

Si je me rendais compte !…

In love

Les disputes sont comme les hivers, on y reste chacun chez soi. Il fut long, cet hiver-là, entre Kamo et moi. Plus un mot, plus un regard, pendant… longtemps, oui !

Comme il était dorénavant le premier en anglais – et de loin ! – la classe attribua notre rupture à la rivalité.

Le grand Lanthier protestait :

– Écoute, tu ne vas pas te fâcher avec Kamo pour une histoire de classement ! Pas toi ! Pas vous !

Il tenait à notre amitié, Lanthier.

– Kamo et toi, on en a besoin, c'est comme… (il cherchait une comparaison), c'est comme, je ne sais pas, moi, c'est comme… (et il ne la trouvait jamais).

Il n'avait pas vraiment d'amis, le grand Lanthier, il était plutôt l'ami des amis.

D'ailleurs, Kamo ne parlait plus à personne. Même pas à Mlle Nahoum qui ne l'appelait plus autrement que « dark Kamo ». Humeur noire, silences interminables, coups d'œil glacials dès qu'on lui adressait la parole. Et chute libre dans toutes les autres matières. Même en maths ! Même en histoire, qui avait toujours été sa matière préférée. Il séchait les cours, ne rendait pas les devoirs, répondait n'importe quoi aux interrogations. Il était ailleurs, et j'étais le seul à savoir où : deux cents ans en arrière !

Pâle, les traits tirés, il maigrissait de jour en jour, faisait des gestes brefs, saccadés, comme les automates que collectionnait Moune ma mère, et que Pope mon père remettait en état de marche.

Un jour, le grand Lanthier me demanda :

– Il est amoureux, le Kamo, ou quoi ?

– Pope, qu'est-ce que c'est, au juste, être amoureux ?

Je n'étais pas complètement idiot, j'avais une petite idée sur la question, mais il me fallait une réponse précise.

Une burette d'huile à la main, Pope leva les yeux de l'automate escrimeur dont il venait de réparer le bras mobile.

– Être amoureux ? Violente décharge d'adrénaline, accélération soudaine du rythme cardio-vasculaire !

Moune étouffa un petit rire.

– Que tu es bête !

– Tu as une meilleure réponse à lui proposer ?

Moune posa son bouquin sur ses genoux.

– Être amoureux ? Vraiment amoureux ? C'est avoir suffisamment de choses à dire à quelqu'un pour passer sa vie avec lui, même en se taisant.

Pope me lança un regard en point d'interrogation. Je revins à la charge.

– Et peut-on être amoureux de quelqu'un qui n'existe pas ?

Là, Pope s'est franchement marré.

– Absolument ! C'est même la cause de tous les divorces !

Je n'ai pas compris. J'ai laissé tomber.

Epidemic

Pendant la récréation, les types qui restent dans leur coin, ça se remarque. Ce qui me frappa d'abord, chez celui-là, c'est qu'il avait exactement le même air « habité » que Kamo. Pas un regard, à personne, jamais. Et toujours assis dans le même coin, le dos appuyé au troisième pilier du préau. Je l'ai observé pendant plusieurs jours. C'était un costaud aux cheveux ras qui trimbalait un sac presque aussi volumineux que lui. Toujours les mêmes gestes : il s'asseyait contre son pilier, ouvrait son cartable, en sortait une montagne de dictionnaires, commençait à les consulter, et bientôt il n'y était plus pour personne. On se battait autour de lui, on l'enjambait comme un obstacle naturel, les ballons et les balles de tennis lui sifflaient aux oreilles, mais il ne bronchait pas, comme s'il était assis dans le silence d'une bibliothèque.

– C'est Raynal, m'expliqua Lanthier, troisième B, on était ensemble il y a deux ans, pas commode !

Je ne savais pas comment l'aborder. Pourtant, quelque chose en moi me l'ordonnait.

Un soir, à la sortie de cinq heures, je le suivis. Il marchait droit devant lui, la tête enfouie dans le col relevé d'un trois-quarts de marin breton. Les passants l'évitaient, il creusait un sillage dans la foule. Moi, je voyais surtout ses épaules qui roulaient comme de lourdes vagues. Finalement, je pris mon courage à deux mains et me mis à marcher à côté de lui. Sans le regarder, je demandai :

– Hé ! Raynal, tu as un correspondant, toi aussi ?

Il s'est arrêté pile. Il a braqué sur moi des petits yeux plissés où brûlait un véritable incendie.

– Comment le sais-tu ?

– Je ne sais pas, je demande…

Sur le moment, j'ai cru qu'il allait me bouffer. Et puis quelque chose a traversé son regard, que j'ai reconnu tout de suite : le besoin de raconter.

– Oui, j'ai un correspondant, un Italien : le neveu du vicomte de Terralba. Il a des problèmes avec son oncle, j'essaye de l'aider. Faut te dire que l'oncle en question, c'est pas de la tarte ! Il s'est fait couper en deux à la guerre. On n'a retrouvé qu'une moitié de lui sur le champ de bataille, qu'on a recousue comme on a pu. Depuis, il est devenu complètement dingue. Un dingue dans le genre féroce. Avec son épée, il coupe en deux tout ce qui se trouve sur son chemin : les fruits, les insectes, les animaux, les fleurs, tout. Son neveu en a une trouille terrible. L'oncle a déjà essayé de le noyer et de l'empoisonner avec des champignons...

J'ai laissé Raynal raconter jusqu'au bout – il racontait bien, la vraie passion. À la fin, je lui ai demandé :

– Qui t'a donné la liste de l'agence ?

– Un copain qui a une correspondante russe. Il est en terminale, mon copain : philosophe.

Le philosophe logeait rue Broca. Il s'appelait Franklin Rist. Il avait seize ou dix-sept ans, une voix basse et grave, des manières douces, mais, sous son calme apparent, les chutes du Niagara en ébullition. Il correspondait avec une certaine Netotchka Niezvanov qui lui envoyait des lettres postées au milieu du siècle dernier, à Saint-Pétersbourg, en Russie. Netotchka vivait avec un beau-père violoniste qui s'adonnait davantage à la vodka qu'au violon et rendait tout le monde responsable de sa déchéance. Elle souffrait, Netotchka, elle souffrait tant que de vraies larmes inondaient le visage de Franklin, le philosophe.

– Je l'aime, tu comprends ?

– Mais, bon sang, Franklin, elle n'existe plus !

– Et alors ? On voit bien que tu ne sais pas ce que ça veut dire : aimer.

Ce philosophe-là avait entendu parler de l'agence par une de ses camarades de classe, Véronique, qui correspondait avec un certain Gösta Berling, Suédois, ex-pasteur chassé de sa paroisse pour ivrognerie en 1800 et quelque. Gösta Berling faisait les quatre cents coups dans les blanches plaines du Vermland, poursuivi par les loups, en compagnie d'autres proscrits, paillards et rigolards comme lui, mangeurs et buveurs désespérés.

« Mais je le sais, chère Véronique, c'est vous que je cherche, dans cette folle dissipation, depuis toujours. »

« Et c'est vous que j'ai toujours attendu », répondait Véronique.

« Quelle malchance de n'être pas du même siècle ! »

« Oh ! ça oui, quelle déveine ! »

« Du moins savons-nous que nous avons existé l'un pour l'autre… »

Voilà le genre de choses qu'ils s'écrivaient. Et Véronique, penchée sur moi, un petit air de bonheur drôle et vaguement moqueur dans ses yeux couleur d'automne, me disait :

– Tu ne peux pas comprendre ça, toi, l'amour, n'est-ce pas ? Tu es trop petit…

De fil en aiguille, j'en ai retrouvé une douzaine, garçons et filles, tous abonnés à l'agence Babel, tous en relation avec le passé – et dans toutes les langues. Tous complètement ailleurs.

Tous plus Kamo que Kamo…

Jusqu'au jour où je me suis dit : « Non ! Niet ! Assez ! Basta ! Es reicht ! Stop it ! Ça suffit comme ça ! »

Are you my dream, dear Kamo ?

Sick frog ! (et beaucoup plus sick que tu ne le crois !)

Pas de fausse joie, Kamo, ce n'est pas ta Cathy qui t'écrit, ce n'est que moi. Il faut bien que je t'écrive puisqu'on ne peut plus te parler. À propos de ta Cathy, je te signale que je l'ai rencontrée. Je te la présenterai quand tu voudras. Elle vaut la peine d'être vue, crois-moi.

Salut,

Moi

Je savais que Kamo répondrait à cette lettre. J'en étais certain parce que je la lui avais envoyée dans une des enveloppes utilisées par Catherine Earnshaw. Même sceau de cire, même cachet postal, une enveloppe rédigée par la même main, à la plume d'oie !

Il me répondit, en effet, le lendemain, en me coinçant contre la rangée de portemanteaux, à la porte du cours de maths.

– Je ne sais pas ce que tu as fait, ni comment tu t'y es pris, mais tu as eu tort !

Il me broyait le bras et son coude me plaquait contre le mur. La tête prise entre deux patères, j'étais obligé de le regarder en face.

– Faut jamais réveiller l'homme qui rêve, il peut devenir fou !

Sa voix sifflait entre ses dents et c'était bien une lueur de folie qui vacillait dans son regard.

L'arrivée de M. Arènes me sauva de justesse.

– Les mathématiques d'abord, jeunes gens, vous vous entre-tuerez ensuite.

Prétextant une migraine, je quittai le cours de maths dix minutes avant la fin et m'évadai du collège par la porte de l'économat. Je plongeai dans le métro et disparus sous Paris pendant deux heures, cherchant à semer un Kamo que je croyais voir partout et qui pourtant ne me suivait pas. Saut dans le wagon à la demi-seconde où la porte se referme, bond sur le quai quand le métro roule encore, fuite sonore dans les couloirs, brusques changements de direction, la peur, la vraie. Jusqu'à ce qu'un petit rire muet retentisse en moi, parce qu'il faut bien se calmer enfin.

Il faisait nuit noire quand je cherchai à tâtons le bouton de la minuterie dans le hall de mon immeuble… Ce fut sur une main que je posai la mienne.

Sursaut glacé.

Le plafonnier s'alluma. Kamo se tenait debout devant moi.

– Alors, Cathy, tu me la présentes ?

– Demain, Kamo, demain.

– Tout de suite !

– Mes parents m'attendent.

– Ma mère ne m'attend pas, moi.

Il n'y avait plus trace de folie dans ses yeux. Une volonté dressée comme un mur, c'est tout. Pas moyen de reculer.

Nous sommes ressortis dans la nuit. Silence dans la rue. Silence dans le métro. À croire que la ville entière se taisait. Les stations défilaient. Kamo ne me regardait pas. Je ne regardais pas Kamo. Et puis il a parlé, les yeux braqués devant lui.

Et ce qu'il m'a dit m'a tellement surpris que ma bouche s'est ouverte avec un bruit de ventouse qu'on décolle.

– De toute façon, Cathy m'a demandé de venir la voir.

Ma bouche n'était pas encore refermée qu'il ajoutait :

– J'ai attendu le plus longtemps possible, mais je ne peux plus reculer, maintenant ; elle souffre trop, il faut que j'y aille.

Et il s'est mis à me parler de toutes les lettres que lui avait envoyées Cathy (il les connaissait par cœur !), jusqu'aux dernières, où elle ne parlait que d'une seule chose : la disparition de « H ».

– Parce que « H » a foutu le camp de chez elle, tu savais ça ?

Non, ça, je ne le savais pas.

« H » s'était enfui par un soir de tempête. Cathy avait fini par se lasser de ses révoltes, de ses cheveux hirsutes, de son tempérament sauvage. Elle s'était fait de nouveaux amis, Edgar et Isabelle Linton, bien élevés, eux, bien vêtus, suavement parfumés, et elle avait abandonné « H » à ses guenilles, à sa rage, à lui-même. Il avait disparu dans la nuit et plus personne ne l'avait revu. Maudit hiver 1777, hiver maudit ! Les lettres de Cathy n'étaient plus que de longues lamentations :

« Ô Kamo ! Kamo ! Nous cessons d'exister en cessant d'être aimés ! »

Elle s'accusait d'avoir *« précipité* "H" *dans un puits sans fond d'où ne montait aucun appel »*... des phrases de ce genre. Oui, de longues lettres désespérées auxquelles Kamo ne pouvait répondre qu'une seule chose, toujours la même :

« Je suis là, Cathy, et je suis votre ami. »

« Là, dites-vous ! Où cela, s'il vous plaît ! Deux siècles plus loin ? »

Et une nouvelle vague de chagrin couchait les mots de Cathy les uns contre les autres. « Il souffle un vent terrible dans ses lettres », disait Kamo. Des phrases entières, soudain affolées, se bousculaient jusque dans les marges :

« Je suis méchante, Kamo, si méchante ! Je l'ai été avec mon père, je l'ai été avec "H"*, je suis méchante, tout le monde le dit, et tout le monde a raison. »*

« Non, Cathy, vous n'êtes pas méchante, je le sais bien, moi... »

« Oh ! vous, cher Kamo, deux cents années ailleurs... Êtes-vous mon rêve ? Existez-vous seulement ? »

De lettre en lettre, une douleur que les réponses de Kamo apaisaient de moins en moins, jusqu'au jour où Catherine Earnshaw lui écrivit enfin. (Mon Dieu, cette écriture de pluie violette, presque effacée !)

« Je ne crois plus en votre existence, cher Kamo, plus assez pour continuer à vous écrire... Si vous existez tel que je vous imagine, je vous en prie, trouvez un moyen, il faut que je vous voie... »

Et c'était cette dernière lettre que Kamo, maintenant, me brandissait sous le nez, tandis que le métro s'immobilisait en chuintant.

– Tu vois, même sans toi j'y serais allé ! Alors, où est-ce qu'on descend ?

La question me fit sursauter. Je jetai un regard affolé autour de moi.

– On fait demi-tour, Kamo, tu nous as fait rater la bonne station avec tes conneries !

Sur le quai, je donnai un coup de pied à une poubelle métallique qui sauta du mur et glissa en hurlant. Quelqu'un me traita de voyou. J'étais furieux. Je venais d'écouter Kamo pendant un bon quart d'heure comme si j'y croyais ! Des larmes avaient rempli les yeux de mon ami et mon propre cœur s'était serré. Une station de plus, et j'aurais pleuré avec lui ! Au fur et à mesure qu'il me récitait ses lettres (et en anglais !) Cathy redevenait pour moi aussi bouleversante que pour lui ! Mais, nom d'un chien, je l'avais vue, moi, Cathy, la vraie ! Je l'avais vue ! en chair et en os ! et entendue !

Wake up, boys and girls !

Voilà : le mercredi précédent, je m'étais planqué dans la poste principale du treizième arrondissement. En faction devant la boîte postale 723 (celle-là même à laquelle Kamo envoyait ses réponses), j'étais bien décidé à repérer la personne qui viendrait chercher le courrier de l'agence Babel. Cela fait, il ne me resterait qu'à la suivre discrètement jusqu'au siège de l'agence proprement dit. J'aurais pu attendre dix ans s'il avait fallu. Pour donner le change, je feuilletais les annuaires téléphoniques parisiens et régionaux comme si j'avais décidé d'apprendre par cœur les noms de tous les Français. La plaisanterie avait assez duré. Je n'y croyais plus, moi, à cette histoire de lettres postées dans un autre âge. J'étais décidé à sauver Kamo, malgré lui s'il le fallait. Je ne pouvais plus le laisser glisser vers la folie. Oui, j'aurais pu attendre une éternité devant cette boîte postale de métal gris où, toutes les cinq minutes, tombait une lettre nouvelle.

– Dis donc, ça marche fort pour cette agence Babel !

– Qu'est-ce que c'est, au juste ?

Les commentaires des postiers, s'élevant au-dessus de la muraille des casiers métalliques, ne m'apprenaient pas grand-chose.

– Je ne sais pas, un machin international, il y a des noms de tous les pays sur les enveloppes.

– Une agence matrimoniale, peut-être ? Pour construire l'Europe !

– Hé ! Fernand, tu pourrais peut-être y écrire, pour te trouver une petite femme ?

Les postiers riaient. Les heures passaient. Et puis, à sept heures, j'allais vider les lieux avec les derniers clients, bien décidé à revenir le plus tôt possible, lorsqu'une voix terriblement autoritaire emplit tout le volume de la poste.

– Trop tard ? Comment ça, trop tard ? Non, môssieur, c'est pas trop tard !

Puis des claquements pressés sur le dallage. Un employé essayait en vain de protester, mais la voix le repoussait :

– Non, môssieur, ça peut pas attendre demain, ça peut pas et ça va pas ! Je travaille, moi !

Un accent parisien à couper au couteau.

– Votre cigarette, madame…

– L'est éteinte, ma cibiche ! Voyez pas qu'elle est éteinte ?

C'est alors qu'elle tourna le coin des cabines téléphoniques. Par-dessous la rangée de bottins, je ne vis d'abord que le chien microscopique et terrorisé qu'elle traînait au bout d'une laisse interminable.

– Les chiens sont interdits dans les édifices publics, madame !

Le postier, lui, était gigantesque. À chaque pas, il manquait d'écraser le petit animal.

– Bibiche est interdit nulle part ! Nulle part, l'est interdit, Bibiche !

Et soudain, je la vis : une toute petite bonne femme d'une soixantaine d'années, aux gestes électriques, aux cheveux roux et furieux, et dont les yeux lançaient des flammes vertes. Nu-pieds dans des babouches qui claquaient sans réplique, elle trimbalait un cabas de ménagère presque aussi grand qu'elle. La cigarette vissée au coin de sa bouche peinte lâchait des paquets de cendre à chaque frémissement de ses lèvres furieuses.

Se hissant sur la pointe des pieds, elle introduisit une clef tremblante dans la serrure de la boîte 723 !

La porte métallique s'ouvrit brutalement. Une avalanche de lettres recouvrit le petit chien.

– Et merde !

Comme je me précipitais pour l'aider, son refus me cloua sur place :

– On touche pas mes lettres. Pas toucher ! Compris ?

Sur quoi, elle jeta les enveloppes par poignées dans le cabas grand ouvert. À l'employé dressé au-dessus d'elle comme une forteresse elle demanda en ricanant :

– Et ça ? C'est pas du travail, tout ça ? Qui c'est qui va le dépouiller, ce courrier ? et y répondre ? C'est vous, peut-être ? Bien trop feignant !

L'espace d'un éclair, je reconnus une enveloppe de Kamo. Une enveloppe remplie d'amour et de désespoir, jetée dans ce cabas comme une livre de haricots verts !

Poor little soul

La plaque de cuivre chevillée au porche disait en majuscules noires : AGENCE DE CORRESPONDANCE BABEL. Le graveur avait précisé, en italique : *Toutes langues européennes*. Le temps que je déchiffre tout, mon apparition de la poste avait déjà atteint le premier étage. Elle grimpait à petits pas vifs, maugréant des imprécations qui concernaient la terre entière, avec une prime spéciale pour les employés de la poste. Et, toutes les deux ou trois marches, elle s'exclamait :

– Pauvre âme ! Ah ! Ma pauvre petite âme !

Arrivée au palier du cinquième, elle disparut comme par enchantement. Mon oreille se colla d'elle-même aux trois portes de l'étage. À la troisième :

– Tout ce boulot… Pas une vie… ma pauvre petite âme…

C'était là. Je l'entendais maintenant égrener des noms propres et des noms de langue.

– Niezvanov, russe. Iguaran, espagnol. Earnshaw (là, je sursautai), anglais. Berling, suédois…

Pendant cinq bonnes minutes. Puis, silence. Puis :

– Viens, Bibiche, faut quand même prendre le temps de casser la croûte, non ?

En deux bonds, je fus à l'étage supérieur. J'entendis la porte s'ouvrir :

– Soixante-treize, rien que pour aujourd'hui !

Et se refermer. Je redescendis quelques marches et hasardai un coup d'œil entre les barreaux de la rampe. Elle cachait la clef dans la colonne réservée aux employés du gaz.

– Pourra pas durer longtemps comme ça. Ma pauvre petite âme…

Elle fut interrompue par une quinte de toux. Une méchante toux caverneuse de fumeur. Par prudence, je la laissai descendre, raclant et toussant, jusqu'au rez-de-chaussée.

Quelques secondes plus tard, je pénétrais dans les locaux de l'agence Babel. Pénombre. Tabac froid. Personne.

Mon cœur dans ma tête.

Je ne sais pas exactement à quoi je m'attendais, la main sur l'interrupteur, mais, de toute façon, la lumière me révéla autre chose. Pas de bureaux, pas de classeurs métalliques, pas de machines à écrire, pas d'ordinateurs, pas même de téléphone, rien de ce qu'on s'attend à trouver dans le mot « agence ».

Une seule table, une seule chaise, quatre murs couverts de bouquins. Une fenêtre, aux rideaux tirés. Pour éclairer le tout, une ampoule nue, tombant du ciel. Et

ce silence… aussi épais que s'il coulait de l'ampoule avec la lumière jaune. J'ai fait un pas en avant. Le sol a crissé sous mes pieds comme un parterre d'automne. Il était recouvert d'un tapis de feuilles froissées. Par endroits, j'y enfonçais jusqu'aux chevilles. Je me suis agenouillé, j'ai déplié une des feuilles : *« Veronika, mitt hjärta, jag svarar så sent på ditt brev… »* Belle écriture élancée. Quelle langue ? Le reste avait été rageusement barré, et la feuille avait rejoint tous les autres brouillons qui jonchaient le sol. Au centre de la pièce, la table semblait émerger d'un moutonnement d'écume. Des enveloppes entassées y faisaient un double rempart. À droite, enveloppes closes des lettres qui n'avaient pas encore été lues. À gauche, enveloppes encore vides des réponses à venir. Et en face de moi (je venais de m'asseoir) un troisième rempart, mais de feuilles vierges. Des tas de feuilles de tous formats et de tous âges. Il y avait là de très vieux parchemins qui crissaient sous mes doigts, de petites feuilles armoriées, légères comme de la dentelle, d'autres si richement enluminées qu'il ne restait pratiquement plus de place pour y écrire… la plus fabuleuse collection de papier à lettres qu'on pût rêver !

Et, au milieu de cette forteresse de papier, des plumes. Plumes d'acier, plumes de bambou, plumes d'oie, certaines si anciennes qu'elles avaient perdu presque toutes leurs barbes. Des plumes, des encriers de toutes les couleurs, des cachets de cire multicolore et toutes sortes de sceaux, des buvards aussi, et de la poudre à sécher dans de bizarres petites salières de bois, toute une papeterie montée du fond des âges pour s'étaler sur cette table parmi les cendriers débordant de mégots et les tasses à café (au moins une dizaine) empilées de guingois à côté de leurs soucoupes poisseuses.

C'était là !

C'était de là que partaient les lettres des siècles passés !

Tout à coup, mon apparition de la poste explosa dans ma tête comme une fusée rousse. Et si elle remontait, elle aussi, de la nuit des temps ? J'avais déjà entendu parler de ce genre d'histoires par une voisine… immortalité, réincarnation… Mais non, les fantômes ne fonctionnent pas au café et ne fument pas trois paquets de clopes par jour !

Mon regard glissa sur les piles d'enveloppes ouvertes où les adresses étaient déjà rédigées. Quel travail ! Elle avait raison, la « pauvre petite âme », à ce rythme, elle y perdrait vite la santé.

La santé…

C'était le visage de Kamo que je revoyais maintenant. Le visage livide de Kamo. La rage de le sauver me reprit aussitôt et, instinctivement, mes yeux cherchèrent le bon papier, la bonne plume, la bonne enveloppe…

Cathy ? Cathy !

– Mais pourquoi m'as-tu envoyé cette lettre, bon Dieu, pourquoi ?

Il s'est brusquement arrêté et me secoue comme un prunier. (C'est la troisième fois depuis que nous sommes sortis du métro.)

– Tu étais malade…

– Je n'étais pas malade, bordel, j'étais heureux ! Heureux, tu sais ce que ça veut dire, heureux ? Heureux, pour la première fois depuis la mort de mon père !

– Mais quelqu'un se foutait de toi, Kamo !

– Rien du tout ! Quelqu'un me faisait rêver. Un rêve extraordinaire. Même la nuit ne peut pas en inventer de plus beaux !

– Mon œil ! Tu y croyais ! Tu devenais dingue !

– Non ! Je savais que c'était un rêve.

– Peut-être, mais tu ne savais plus ce qu'était la réalité.

– La réalité…

Il me lâche soudain, comme si tous ses nerfs se détendaient d'un coup. Puis, ses deux mains sur mes épaules :

– J'espère pour toi qu'elle est à la hauteur de mon rêve, ta réalité, sinon…

Un murmure féroce, qui découvre ses dents.

Et je repense à mon apparition de la poste, la responsable de l'agence Babel, la Cathy de Kamo. Sueur brûlante et sueur glacée. Cathy ! Il va me tuer quand il va la voir. Il me tuera. Pire, peut-être…

Marche après marche. Une véritable montée au supplice.

– Alors ?

– C'est ici.

Il m'écarte et frappe à la porte. Rien. Malheureusement, la clef est bien accrochée dans la colonne à gaz. Et c'est la bonne clef. Et elle ouvre la porte. Et je pénètre avec Kamo dans la pièce. Lumière. Comme la dernière fois : silence, pagaille et tabac froid. Kamo a un long regard circulaire, puis, sans un mot, il se penche, ramasse une feuille qu'il défroisse. On peut y lire une dizaine de fois la même phrase raturée et, en bas de la page, la version définitive : *« Proprio con te, voglio andare a cercare il paese dove non si muore mai. »*

– Bon sang…

Kamo repose la feuille par terre, tout doucement, avec une sorte de respect.

– Tous ces brouillons, tu te rends compte… quel travail !

Je ne me rends compte de rien du tout. Je suis tout oreilles. C'est qu'on monte dans l'escalier. On monte en toussant. Une toux caverneuse de fumeur. Cathy. La Cathy de Kamo. Et je n'ai pas eu le courage de la lui décrire.

– Kamo…

Sa main s'abat sur mon bras. Il me fait signe de me taire. Les pas s'immobilisent sur le palier.

J'entends grincer le portillon en fonte de la cachette.

Évidemment, la clef n'y est plus. Je sens une hésitation de l'autre côté de la porte. Je ne vois plus que la poignée. Et, bien sûr, comme au cinéma, la poignée finit par tourner sur elle-même. Et la porte par s'ouvrir. Et ce que nous voyons, Kamo et moi, debout dans l'encadrement, nous laisse muets de stupeur. Ce n'est pas mon apparition de la poste. C'est quelqu'un d'autre. C'est la mère de Kamo. Elle reste là, un sourire amusé aux lèvres. Elle tient à la main une tasse de café fumant et serre sous son bras une cartouche de cigarettes blondes. Silence. Puis elle dit :

– Le café a débordé, il y en a plein la soucoupe.

Instinctivement, Kamo lui prend la tasse des mains et va la déposer sur la table, à côté de la pile des tasses vides.

Elle ferme la porte et demande :

– Tu sais quel jour nous sommes ?

Son sourire, mi-affectueux, mi-ironique, flotte toujours sur ses lèvres.

– Le quatorze ? Le quinze ?

– Le quinze, mon chéri. Il y a trois mois aujourd'hui que tu t'es mis à l'anglais, jour pour jour.

Ils sont debout l'un en face de l'autre. Ils ne se touchent pas. Mais ils se regardent comme s'ils ne s'étaient pas vus depuis des années. Finalement, Kamo murmure :

– Alors, c'est ça, ton fameux boulot ?

Oui de la tête. Et un petit rire :

– Ici, au moins, je ne m'engueule avec personne, je travaille seule ; l'agence Babel : c'est moi.

D'un geste las, elle jette les cigarettes sur la table. Puis elle se laisse tomber sur sa chaise.

– Tu fumes trop, maman.

– Je fume trop, je bois trop de café, je travaille trop, et je parle trop de langues étrangères.

Il n'y a plus d'ironie dans son regard, rien que le sourire. L'air de quelqu'un qui est heureux de prendre un moment de récréation, ni plus ni moins.

Quant à Kamo, je ne m'explique pas son calme. On dirait que, venant de sa mère, rien ne peut l'étonner. Il y a pourtant de l'admiration dans sa voix, quand il finit par demander, en anglais :

– So, you are my Cathy ?

– Ah ! non, Cathy, ce n'est pas moi.

Pendant une seconde, elle jouit de notre silence éberlué. Puis :

– Ce n'est pas moi, mais je vais te la présenter.

Elle se lève avec effort, traverse la pièce en soulevant des vagues de papier froissé et prend un livre dans la bibliothèque.

– La voilà, ta Cathy.

Kamo et moi avons le même mouvement vers le livre tendu. C'est un vieux bouquin aux feuilles jaunies par le temps, relié de cuir bleu, et qui porte son titre en lettres d'or : *WUTHERING HEIGHTS*, et le nom de l'auteur en anglaise délicate : Emily Brontë. Édition originale : 1847.

– *Les Hauts de Hurlevent*…

– Oui, je n'ai rien inventé, Cathy est l'héroïne de ce roman, lis-le, il est à toi. Et si tu peux en faire une bonne traduction…

Mais Kamo est déjà plongé dans le livre.

Moi, je parcours la bibliothèque des yeux. Apparemment, il y a là tous les plus beaux romans du monde.

J'en saisis un au hasard, italien : *Il visconte dimezzato, Le Vicomte pourfendu*, et j'y trouve le nom du vicomte Médard de Terralba, celui qui s'est fait couper en deux par un boulet turc. Le vicomte de Terralba… « un dingue dans le genre féroce »… Je revois aussitôt le visage passionné de Raynal me racontant l'histoire de ce type qui coupait tout en deux parce qu'il n'était plus que la moitié de lui-même. Il faut croire que la même question nous vient à l'esprit en même temps, puisque au moment où je vais la poser Kamo demande :

– Mais les autres correspondants ?…

– Ils ne sont pas plus bêtes que toi, mon chéri : ils finissent tous par faire le guet à la poste, ils suivent mon amie Simone, la concierge (qui m'apporte mon courrier, me fait du café et m'appelle sa « pauvre petite âme »), ils découvrent la cachette de la clef, bref, ils débarquent ici quand ils sont parfaitement bilingues et que leurs correspondants les appellent au secours ; comme toi.

Maintenant, les questions se bousculent sur nos lèvres. Mais elle nous pousse doucement vers la porte.

– Plus tard, messieurs, plus tard ; pour l'instant, j'ai du travail par-dessus la tête.

Et, comme nous sommes sur le palier :

– Kamo ! Si tu nous faisais tout de même un petit gratin dauphinois, ce soir ? Je rentrerai dans une heure ou deux.

Table

Daniel Pennac

L'auteur

Daniel Pennac est né en 1944 à Casablanca, au Maroc. Ses études de lettres, à Nice, le mènent à l'enseignement. Les difficultés qu'il a traversées à l'école feront de lui un professeur particulièrement attentif aux élèves en échec. Il écrit des romans pour la jeunesse comme *Cabot-Caboche* et *L'Œil du loup*, ainsi que la série des *Kamo*. Il publie à partir de 1985 le premier tome de la saga Malaussène, qui rencontre un grand succès. Il la complète en 2017 par un nouvel opus : *Le Cas Malaussène, tome I : Ils m'ont menti.*

Son essai *Comme un roman*, best-seller international, se propose de réconcilier les non-lecteurs avec la lecture, et dans *Chagrin d'école* (prix Renaudot 2007), il aborde la question de l'école du point de vue du cancre. C'est en 1995 qu'il arrête d'enseigner pour se consacrer entièrement à l'écriture. En 2012, dans *Journal d'un corps*, il raconte le lien quotidien d'un homme avec son corps de l'âge de 13 ans jusqu'à 87 ans. Il est aujourd'hui l'un des auteurs français les plus lus et traduits.

Détenteur de nombreux prix littéraires en France et dans le monde, il est docteur *honoris causa* de l'université de Bologne, en Italie.

Du même auteur chez Gallimard Jeunesse

Kamo

1- Kamo, l'idée du siècle
2- Kamo et moi
3- Kamo, l'agence Babel
4- L'évasion de Kamo

Les Aventures de Kamo (*les quatre aventures de Kamo en un seul volume ; préface de Quentin Blake*)

Le Roman d'Ernest et Célestine (*d'après les albums de Gabrielle Vincent*)

L'Œil du loup (*livre audio*)

Les Dix Droits du lecteur (*en collaboration avec Gérard Lo Monaco*)

Benjamin Renner

L'illustrateur

Benjamin Renner est né en 1983. Il étudie aux beaux-arts d'Angoulême et à l'École de réalisation du film d'animation. Auteur de bande dessinée, il réalise également des films d'animation. En 2013, *Ernest et Célestine*, qu'il co-réalise, obtient le César du meilleur film d'animation. En 2015, sa bande dessinée, *Le Grand Méchant Renard*, est publiée chez Delcourt et obtient notamment le prix de la BD Fnac et le prix jeunesse du festival d'Angoulême. La bande dessinée a été adaptée pour le cinéma sous le titre *Le Grand Méchant Renard et autres contes*… et a également reçu le César du meilleur film d'animation en 2018.

Découvrez les autres
aventures de **Kamo**

dans la collection

FOLIO JUNIOR

KAMO, L'IDÉE DU SIÈCLE

n° 800

Tu es content de toi, Kamo ? Ton idée géniale, tu trouves vraiment que c'était l'idée du siècle ? Alors, pourquoi a-t-elle rendu M. Margerelle, notre Maître Bien Aimé, fou comme une bille de mercure ? Tu peux nous le dire ? Ta fameuse idée, Kamo, tu ne crois pas que c'était plutôt la gaffe du siècle ? La bêtise du siècle ? Tu as vu dans quel état il est ? Et maintenant, qu'est-ce que tu comptes faire pour le guérir ?

KAMO ET MOI

n° 801

Pourquoi Crastaing, notre prof de français, nous fait-il si peur ? Pourquoi terrorise-t-il Pope mon père lui-même ? Qu'est-ce que c'est que cette épidémie après son dernier sujet de rédaction ? Un sujet de rédaction peut-il être mortel ? Un sujet de rédaction peut-il massacrer une classe tout entière ? Qui nous sauvera de cette crastaingite aiguë ? Si Kamo n'y arrive pas, nous sommes perdus...

L'ÉVASION DE KAMO

n° 803

Pourquoi la mère de Kamo l'a-t-elle soudain abandonné ? Pourquoi Kamo, qui ne craint rien ni personne, a-t-il tout à coup peur d'une simple bicyclette ? Et d'ailleurs, qui est vraiment Kamo ? D'où vient ce nom étrange ? Qui l'a porté avant lui ? Toutes ces questions semblent n'avoir aucun rapport entre elles. Pourtant, si l'on ne peut y répondre, Kamo mourra…

Le papier de cet ouvrage est composé de fibres naturelles,
renouvelables, recyclables et fabriquées à partir de bois
provenant de forêts gérées durablement.

Mise en pages : Maryline Gatepaille

Loi n° 49-956 du 16 juillet 1949
sur les publications destinées à la jeunesse
ISBN : 978-2-07-510922-2
Numéro d'édition : 353245
Premier dépôt légal dans la même collection : mai 1997
Dépôt légal : janvier 2019

Imprimé en Espagne par Novoprint (Barcelone)